LE

BARIL D'OLIVES,

COMÉDIE-VAUDEVILLE EN UN ACTE,

PAR MM. BRAZIER ET MÉLESVILLE;

REPRÉSENTÉE, POUR LA PREMIÈRE FOIS, A PARIS, SUR LE THÉATRE DES VARIÉTÉS, LE 1er FÉVRIER 1825.

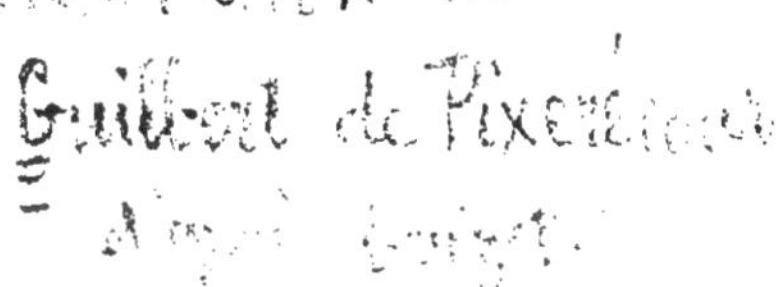

PRIX : 1 fr. 50 cent.

PARIS,

POLLET, LIBRAIRE, ÉDITEUR DE PIÈCES DE THÉATRE, RUE DU TEMPLE, N. 36, VIS-A-VIS CELLE CHAPON.

1825.

PERSONNAGES.	ACTEURS.
FRÉDÉRIC II, roi de Prusse.	M. Lepeintre.
PIRCH, son Page.	M. Victor.
FREEMANN, ancien hussard.	M. Bosquier.
GOBZOOM, juge du Bailliage.	M. Brunet.
PÉTERS, orphelin de 15 ans.	Mlle Jenny-Vertpré.
ANNA, fille de Freemann.	Mlle Mélanie.
Un Paysan.	M. Georges.
Garçons et Filles du Village.	
Officiers.	

La scène se passe à Rutwen, sur les bords de l'Oder, en 1759.

Vu au ministère de l'intérieur, conformément à la décision de S. Ex. en date de ce jour.

Paris, le 20 janvier 1825.

Par ordre de Son Excellence,

Le chef du bureau des théâtres,

COUPART.

IMPRIMERIE DE DAVID, RUE DU FAUBOURG POISSONNIÈRE, N° 1.

LE BARIL D'OLIVES,

COMÉDIE-VAUDEVILLE.

Le théâtre représente l'intérieur d'une cour d'auberge; à droite, le corps-de-logis principal; à gauche, l'entrée d'un hangar garni de bottes de paille, et qui communique à une grange; au fond, un mur à hauteur d'appui, au milieu duquel est placée la porte de l'auberge, avec l'enseigne en dehors; on apperçoit l'Oder qui serpente au pied de la colline.

SCÈNE PREMIÈRE.

PÉTERS, ANNA, GARÇONS ET FILLES.

PÉTERS *est debout sur un banc de pierre, entouré des garçons et des filles qui battent des mains;* ANNA *seule est vers le fond et paraît écouter le bruit éloigné du canon qui s'est fait entendre pendant l'ouverture, et qui cesse tout à fait au lever du rideau.*

TOUS, *battant des mains.*

Bravo ! bravo, Péters !

PÉTERS, *debout et d'un ton magistral.*

Par ainsi, comme les preuves sont claires, que le dépositaire est un coquin, nous le condamnons à restituer à Freemann les cent fréderics d'or, et à être pendu pour lui apprendre à être honnête.

TOUS, *de même.*

Bien jugé ! bien jugé !

CHOEUR.

AIR : *Bravons, bravons les chaleurs de l'été.*

Honneur, honneur au jugement dicté
Par sa prudence
Et par sa conscience !
Qu'ici Péters par nous soit respecté,
Pour ses talens et son intégrité.

UNE JEUNE FILLE.

Mon dieu! que ce petit Péters a donc d'esprit! à quinze ans il en sait plus que notre bailli.

LE GARÇON.

Ce monsieur Gobzoom n'est qu'un sot auprès de lui.

LA JEUNE FILLE.

Un ignorant !

PÉTERS, *descendant de son banc.*

Un imbécile qui ne sait pas son métier ! s'il avait voulu m'écouter, il n'aurait pas jugé hier comme il l'a fait, dans cette affaire du baril d'olives... Il n'aurait pas ruiné mon oncle.

ANNA.

Et toi par contre-coup.

PÉTERS.

C'est clair... Cette auberge, le seul bien que m'ait laissé ma mère, va être mise en vente, pour payer mon apprentissage chez le maître menuisier du canton; je vous demande comme ça m'amuse... moi qui voulais être grenadier...Quant à mon oncle, il ira travailler en journée dans quelque ferme.

ANNA.

Mon pauvre papa!..

LE GARÇON.

C'est affreux !

LA JEUNE FILLE.

Un vieux soldat ! se voir enlever ses économies !.

PÉTERS.

Patience ! la Prusse a un bon roi ; que Frédéric gagne la bataille qu'il est en train de donner à quatre lieues d'ici, à Kunesdorff ; il viendra se reposer dans notre village, et je lui parlerai de son bailli, moi ! (*à Anna qui est toujours dans le fond*). Eh bien ! ma petite Anna . comment va la bataille ?

ANNA.

Je n'entends plus le canon , mais aussi vous faites tant de tapage.

PÉTERS, *à ses camarades*.

Allez-donc savoir des nouvelles , vous autres ... Dieu ! si j'étais libre, moi ; je serais là au milieu des coups de fusil ! pif, paf !... mais, mon oncle m'a défendu de sortir.. Il sait que je serais capable de me faire tuer , quoique je n'aie pas la taille. (*Ils reprennent le chœur*).

Honneur, honneur au jugement dicté
Par, etc. etc.

(*Ils sortent.*)

SCÈNE II.

PÉTERS , ANNA.

PÉTERS , *écoutant.*

On n'entend plus rien ! c'est clair... Les Russes son battus. (*se frottant les mains*) Oui , je parlerai au roi... quoique je n'aie pas l'honneur de le connaître... et nous verrons.

ANNA.

Allons , Péters , vas-tu recommencer ? tu feras tant, que M. Gobzoom deviendra notre ennemi juré. A quoi sert de te moquer publiquement de lui? de le contrefaire ?

PÉTERS.

Ça me soulage... Quand je pense qu'il est cause de notre malheur , ça me met dans des rages !... ce baril d'olives... je l'ai sur le cœur... Dieu de dieu ! non , c'est qu'on n'a pas d'idée d'un jugement bête comme celui-là, un enfant de deux ans y aurait vu plus clair que lui.

ANNA.

Eh bien ! imite mon père ! c'est un vieux soldat, et il dit qu'il respectera ce jugement comme sa consigne.

PÉTERS.

Oh ! il n'y a pas de consigne qui tienne. C'est que moi je n'ai peur de personne (*il aperçoit Frédéric qui sort du hangard à gauche et se met derrière Anna*) Qu'est-ce que c'est que ce monsieur-là ?

ANNA.

Il sort de la grange...

PÉTERS.

Eh bien, il est sans gêne... sans prévenir le maître de la maison...

SCÈNE III.

Les Mêmes, FRÉDÉRIC, suivi de PIRCH.

(*Frédéric a son habit bleu ordinaire, sans décorations; ses bottes sont couvertes de poussière; Pirch est aussi en uniforme très-simple et en désordre.*)

FRÉDÉRIC, *bas à Pirch.*

Ils sont seuls maintenant, nous pouvons les interroger.

PIRCH, *bas.*

Je vous en conjure, sire, de la prudence ; j'ai cru voir un parti de cosaques de l'autre côté de l'Oder.

FRÉDÉRIC, *haut.*

Eh bien, mes petits amis, est-ce que vous avez peur de nous?

ANNA, *intimidée.*

Dam' ! monsieur, quand on ne connaît pas les personnes.

PÉTERS, *passant devant elle.*

Du tout, on n'a pas peur; mais on est bien aise de savoir qui l'on reçoit chez soi, surtout quand on se permet d'entrer par des portes dérobées.

FRÉDÉRIC, *riant.*

Ah ! ah ! des portes dérobées... à une grange, vous êtes bien défiant, mon petit bonhomme.

PÉTERS, *offensé.*

Mon petit bonhomme, eh bien ! il est joliment familier !

AIR : *Quand on s'y prend bien poliment.*

Mais voyez donc, voyez donc comme
C'monsieur prend un air important.
Ah ! ça, pour m'app'ler p'tit bonhomme,
Vous n'êtes déjà pas si grand.
Petit bonhomme est un mot qui me blesse,
Petit bonhomme est une impolitesse,
Et je vous le dis hautement,
Si l'on pouvait d'viner souvent
A qui certain discours s'adresse,
On parlerait plus poliment.

FRÉDÉRIC, FIRCH, *ensemble.*

Oui, s'il savait à qui cela s'adresse,
Il parlerait plus poliment. (*bis.*)

FRÉDÉRIC.

Dites-moi, c'est bien ici le village de Rutwen ?

ANNA.

Oui, monsieur.

FRÉDÉRIC.

Vous n'y avez vu, depuis ce matin, aucun corps de l'armée prussienne ?

PÉTERS.

Pas un uniforme !

FRÉDÉRIC, *bas à Pirch.*

C'est inconcevable. (*haut*) Ecoute, Péters.

PÉTERS.

Il sait mon nom.

FRÉDÉRIC.

Dès que ton oncle Freemann sera de retour, tu me l'enverras.

PÉTERS.

Mon oncle Freemann ?

ANNA.

Vous le connaissez.

FRÉDÉRIC.

Du tout.

PÉTERS.

Vous le demandez.

FRÉDÉRIC.

Justement, pour faire connaissance. N'est-ce pas un ancien hussard ?

ANNA.

Oui, monsieur.

FRÉDÉRIC.

Honnête ?

PÉTERS.

Comme le Roi.

FRÉDÉRIC.

Brave?

PÉTERS.

Comme un régiment.

FRÉDÉRIC.

Qui vient de perdre un procès?

PÉTERS.

Quoi, vous savez aussi?

FRÉDÉRIC, *montrant la grange.*

Parbleu, j'étais là, tandis que tu prononcais ton jugement... et que tu cassais celui du bailli.

PÉTERS.

Comment, monsieur (*bas à Anna*) Par exemple, est-l indiscret d'écouter comme ça aux portes?

FRÉDÉRIC.

Occupons-nous du plus pressé, je prends ton auberge.

PÉTERS.

Qu'est ce que c'est? vous prenez mon auberge?

FRÉDÉRIC, *relevant la tête.*

Tu ne la refuseras pas, j'espère, à deux officiers de Frédéric?

ANNA.

De Frédéric!

PÉTERS, *vivement.*

Bien au contraire, tout ce que je possède... tout ce que j'ai... Dieu! des officiers du Roi!

FRÉDÉRIC.

C'est bien, fais-nous préparer un logement et à diner.

ANNA.

AIR : *Un homme pour faire un tableau.*

Nous n'avons qu'du lard et du pain.

FRÉDÉRIC.

Je m'en contenterai, ma chère.

PÉTERS.

Dans notre cave y n'y a plus d' vin.

FRÉDÉRIC.

Eh! bien, je boirai de l'eau claire.

ANNA.

J'n'avons qu'un logement tout petit.

FRÉDÉRIC.

Je le prendrai, vaille que vaille.

PÉTERS.

Et pas un mat'las dans un lit.

FRÉDÉRIC.

Je dors comme un roi sur la paille.

PÉTERS.

Oh! alors! vous serez servi dans la minute (*à Anna*) Viens vite, ma petite Anna.

PIRCH, *bas à Péters.*

Surtout le plus grand silence sur notre arrivée. (*Ils sortent*).

SCÈNE IV.

FRÉDÉRIC, PIRCH.

FRÉDÉRIC, *les regardant s'en aller.*

Ces enfans m'intéressent : il faudra que j'éclaircisse l'histoire de ce procès. (*à son page*) Eh bien! mon pauvre Pirch, tu parais tout découragé.

PIRCH.

Ah! sire! quelle journée! votre armée dispersée; les Russes vainqueurs! et...

FRÉDÉRIC.

Oui, il nous souviendra de Kunesdorff.

AIR : *du Dieu des bonnes gens.*

Mon cher ami, cette défaite,
Ici, pour moi, n'a rien de surprenant;
La fortune est femme et coquette:
Et Frédéric n'est pas du tout galant.

PIRCH.

Soltikoff peut en montrant quelque audace,
Etre dans huit jours à Berlin.

FRÉDÉRIC.

Ah! mon ami, si j'étais à sa place,
Moi, j'y serais demain. (*bis.*)

En tous cas, si j'étais dépouillé de mes états, je me flatte du moins qu'il n'y a pas de souverain qui ne voulût me prendre pour son général.

PIRCH.

Eh quoi ! sire, vous pouvez conserver encore votre gaîté; les avant-postes de l'ennemi couvrent déjà l'autre rive de l'Oder; ce n'est que par un prodige que vous avez pu gagner ce village sans être reconnu.

FRÉDÉRIC.

Dis par ton courage et ta présence d'esprit, mon cher Pirch ! franchement pour un soldat nouvellement sorti des pages, j'ai été fort content de toi.

PIRCH, *modestement.*

AIR : *Comme il m'aimait.*

Je vous suivais. (*bis*)

FRÉDÉRIC.

Chacun t'a vu dans la bataille,
Partout où grondaient les mousquets.

PIRCH.

Je vous suivais. (*bis*)

FRÉDÉRIC.

Frappant et d'estoc et de taille,
On te trouvait sous la mitraille.

PIRCH, *vivement.*

Je vous suivais. (*ter*)

FRÉDÉRIC, *lui frappant sur l'épaule.*

Sois tranquille, au surplus.... nous prendrons bientôt une revanche éclatante... Le général Fink a mes ordres, tout est prévu.... et ce petit échec va donner aux Russes une confiance qui leur sera fatale!.. Mais je suis excédé de fatigue. Pirch (*montrant la grange*), je vais me reposer une heure .. tu prendras ma place après...

PIRCH.

Eh ! quoi, sire, dans cette misérable grange?

FRÉDÉRIC.

J'y serai parfaitement ! à la vérité, je crois que je n'aurai pas beaucoup de monde à mon petit coucher; mais c'est juste, quand cela va mal, les courtisans ne se montrent guère. (*montrant l'intérieur de la grange*). Dispose là tout ce qu'il faut pour écrire. (*Pirch tire de sa poche un portefeuille avec une écritoire, et entre dans la grange.)*

FRÉDÉRIC, *seul.*

Freemann! ancien hussard! ce procès m'occupe malgré moi; il faudra que je sache la vérité, et s'il était victime d'une injustice... Corbleu! je ne le souffrirais pas!....

AIR *nouveau de M. Blanchard.*

Quand de ses jours il fit le sacrifice
Pour le maintien de mon trône et des lois,
Il dut au moins compter sur ma justice,
Et c'est à moi de défendre ses droits.
Fier des succès de sa patrie,
Un soldat généreux oublie
Le prix qu'il devait obtenir. . . (*bis.*)
Mais son roi doit s'en souvenir.

Un courtisan vient vanter ses services,
Et par l'intrigue arrache des bienfaits ;
Mais le soldat couvert de cicatrices,
Souffre en silence et ne se plaint jamais.
Ah! quand son courage fidèle
Se tait et jamais ne rappèle
Son sang, versé pour me servir... (*bis.*)
C'est à moi de m'en souvenir.

(*Pirch reparaît.*)

Pirch, pendant que je vais reposer, parcours ce village, informe-toi de la situation des Russes, et sache si ma garde s'est ralliée sur Goritz... Ah! prends aussi quelques renseignemens sur ce Freemann, dont le procès occupe tant les esprits.

PIRCH.

Eh! quoi, sire, au milieu des dangers qui vous environnent.... lorsque votre propre sûreté exige...

FRÉDÉRIC, *sévèrement.*

Monsieur, c'est toujours le moment de réparer une injustice.

AIR : *Vaudeville de la robe et les bottes.*

Je ne sais pas si la victoire
M'abandonnera sans retour,
Dans tous les cas il est une autre gloire
Que je dois briguer en ce jour.

Lorsqu'en retraite il me faut battre,
Aux malheureux je puis encor songer;
Si je n'ai plus d'ennemis à combattre
J'ai des sujets à protéger.

Allez, monsieur. (*Pirch s'incline et sort*) Et nous, passons dans ma chambre à coucher... elle n'est pas brillante, mais j'espère bien que demain mon ami Soltikoff n'aura pas même le temps de jouir d'un aussi bon lit.

(*Il entre dans la grange; dès qu'il a disparu, on entend en dehors la voix de Péters*).

SCÈNE V.

PÉTERS, ANNA, *en dehors*.

PÉTERS, *en dehors*.

Anna!

ANNA, *en dehors*.

Je descends.

PÉTERS, *entrant*.

Viens, vite (*Anna entre*) Eh bien! où étais-tu donc?

ANNA.

Pardine! à ma fenêtre, pour voir passer le roi.

PÉTERS.

On dit qu'il est un peu retardé dans sa marche... mais mon oncle va nous donner des nouvelles... je venais prévenir cet officier... eh bien! où c'qu'il a passé?

ANNA.

Chut! tu ne le vois pas... dans la grange; ne le réveille pas; ce pauvre homme paraissait si fatigué...

PÉTERS.

Tiens, c'est vrai, le v'là endormi entre deux bottes de paille... il n'est pas dégoûté, il lui en faut deux!...

SCÈNE VI.

LES MÊMES, FREEMANN, *une carabine à la main.*
(*Il entre brusquement sans voir ses enfans.*)

FREEMANN, *à lui-même*.

Mille carabines! qui est-ce qui se serait attendu à cela? la bataille perdue!

PÉTERS et ANNA.

Mon oncle ! mon père !

FREEMANN, *brusquement.*

Eh ! morbleu, laissez-moi.

ANNA, *effrayée.*

Qu'est ce qu'il a donc ?

FREEMANN, *hors de lui.*

J'ai.... j'ai... que je suis furieux.... que je donnerais ma vie pour être encore à côté de mon brave colonel.

PÉTERS, *avec joie.*

Ah ! nous avons donc gagné la bataille ?

FREEMANN.

Au contraire. (*les prenant tous deux par la main*) Nous sommes... je ne peux pas dire ce mot là... les Russes seront ici dans deux heures... et l'on ne sait ce que Frédéric est devenu !

PÉTERS ET ANNA.

Ah ! mon Dieu !

FREEMANN.

J'ai déjà rencontré autour du village deux ou trois figures de Kalmouks, rien que leur physionomie me donnait des envies de... (*il fait le geste de sabrer*) mille bombes ! (*vivement*) je ne veux pas les voir ici d'abord.

AIR : *Qu'il est flatteur d'épouser celle.*

Le vieux houzard sera fidèle
A son roi comme à son pays ;
Jamais des enn'mis la séquelle
Ne mettra l'pied dans not' logis.
Avant d' pénétrer dans c'te place,
Ils livreront bien des assauts,
Y m's'rait trop dur de voir en face
Ceux qui tant d'fois m'ont tourné l'dos.

Qu'on ferme toutes les portes, qu'on ne reçoive aucun étranger...

PÉTERS.

C'est bien facile à dire, il y en a déjà deux.

FREEMANN.

Ici ?

ANNA.

Qui se disent officiers prussiens.

FREEMANN.

C'est sans doute un prétexte, où sont-ils ?

PÉTERS.

En v'là un qui dort dans la grange.

FREEMANN, *y allant.*

Morbleu ! je vais le.... (*il s'arrête en regardant*)que vois-je ?.... (*il porte la main à son bonnet*) (*à part*) C'est lui !

ANNA.

Qu'est-ce donc, mon père ?

FREEMANN, *immobile.*

Rien, rien. (*à part*) Fréderic !... Dans quel abandon !... ah !(*il s'essuie les yeux*).

PÉTERS.

Eh bien ! vous avez les larmes aux yeux ? est-ce que vous connaissez cet officier ?

FREEMANN, *de même.*

Non, non... mais c'est égal, celui-là peut rester sans inconvénient... Allons, allons ; laissez-moi, le meûnier Arnoldi vous attend... Il faut quitter le village... moi je reste... j'ai encore là haut quelques balles que je ne veux pas laisser perdre.

ANNA, *qui s'est rapprochée.*

Comment, vous allez vous battre ?

PÉTERS.

Y pensez-vous ? vous qui aviez juré de ne plus servir Frédéric !

FREEMANN.

Laissez-moi... laisez-moi... çà ne vous regarde pas...

ANNA.

Ah ! mon pauvre cousin.

PÉTERS, *s'en allant.*

Aussi, pourquoi le roi va-t-il perdre la bataille? je vous demande un peu ce qui lui coûtait de la gagner. Si j'avais été là.

SCÈNE VII.

FREEMANN, *seul.*

Ne plus servir Frédéric ! Ah ! quand je disais cela, il était heureux !

AIR *nouveau de M. Blanchard.*

Après trente ans, couvert de cicatrices,
Lorsque j'ai vu tous nos jeunes soldats
A Frédéric prodiguer leurs services,
J'ai dû renoncer aux combats,
Car il pouvait se passer de mon bras.
Sujet fidèle, il est just' que j'témoigne
Tout l'intérêt qu'il m'inspire aujourd'hui;
Ah ! d'un grand roi, quand le bonheur s'éloigne,
C'est le moment de s'r'approcher de lui.

SCÈNE VIII.

FREEMANN, ensuite PIRCH.

FREEMANN, *à lui-même.*

Frédéric seul ici ! s'il était découvert ! quel parti prendre? Allons, du sang froid... et profitons de la première occasion ! (*il se retourne*) On vient de ce côté... un officier prussien ! sans doute celui qui l'accompagnait... ne nous montrons pas. (*Il se cache derrière l'avance du hangard, de manière que le public puisse l'apercevoir de temps en temps. Pirch entre par le fond.*

PIRCH, *regardant de tous côtés.*

Personne! (*Il s'avance près de la grange, pose son chapeau sur un banc près du hangard, et appèle à demi-voix.*) Sire ! sire !

SCÈNE IX.

Les Mêmes, FRÉDÉRIC.

FRÉDÉRIC.

C'est toi, Pirch? eh bien ! quelle nouvelle?

PIRCH.

Le général Finck occupe les hauteurs de Goritz ; les Russes pour le tourner se sont engagés dans les défilés de Rutwen.

FRÉDÉRIC.

A merveille ! ils donnent dans le piège ; et si ma garde était avertie et pouvait me rejoindre, dans trois heures, j'en réponds, Soltikoff serait perdu sans ressource.

PIRCH.

J'y avais pensé; mais comment faire parvenir les ordres de votre majesté?... des postes ennemis occupent les environs, les paysans savent qu'il y va de la vie...

(*Freemann, comme frappé d'une idée, tire de sa poche un crayon et écrit.*)

FRÉDÉRIC.

Eh bien ! nous irons tous deux porter mes ordres.

PIRCH.

Ah ! sire, vous exposer !

FREEMANN, *à part.*

Non, morbleu !

AIR : *du Renégat.*

PIRCH.

Si vous daignez y consentir,
J'irai seul.

FRÉDÉRIC.

Suivez-moi, vous dis-je.

FREEMANN, *à part.*

Non, non, c'est moi qui vais partir.

PIRCH.

Ah ! combien ce projet m'afflige !

FRÉDÉRIC.

Venez, monsieur; pour moi ne craignez rien.

FREEMANN, *à part.*

De le sauver, oui, c'est le seul moyen !

ENSEMBLE.

FRÉDÉRIC, *à part, regardant Pirch.*

Ah ! de son courage fidèle,
Je suis attendri malgré moi;
Pour payer un si noble zèle,
Que je suis heureux d'être roi !
Je suis heureux d'être son roi.

PIRCH et FREEMANN, *chacun à part.*

Soldat soumis, sujet fidèle,
De l'honneur je suivrai la loi;
Pour nous la mort est toujours belle,
Quand on la souffre pour son roi.
Oui, je voudrais sauver mon roi.

(*A la fin de cet ensemble, Freemann s'est approché, sans être vu, du chapeau de Pirch qui est sur le banc; il y glisse un papier et s'éloigne par le fond.*)

FREEMANN, *au fond et à part.*

Allons, que le ciel veille sur mes enfans! (*Il sort.*)

SCÈNE X.

FRÉDERIC, PIRCH.

FRÉDÉRIC.

Venez, monsieur; pas d'observation... Suivez moi à l'instant...

PIRCH, *allant prendre son chapeau.*

Sire, je vous en conjure, que je parte seul... (*il aperçoit le papier.*) Que vois-je ! ce papier...

FRÉDÉRIC,

« Ne quittez point le Roi ; ses ordres sont en mains sûres ; je cours les exécuter ou mourir pour lui ! »

PIRCH.

On nous écoutait !

FRÉDÉRIC.

Comment ! quelqu'un m'a donc découvert ?

PIRCH.

Je ne me suis confié à personne.

FRÉDÉRIC, *tournant le papier et l'ouvrant.*

Eh ! mais, ce papier... c'est un ancien congé de réforme (*il lit*) « Louis Freemann, brigadier au troisième... » (*vivement*) Freemann ! c'est lui qui est parti.

PIRCH.

Quel homme singulier ! nous ne l'avons pas entrevu.

FRÉDÉRIC.

N'importe, je suis tranquille ; Freeman... un vieux soldat.. l'ordre sera aussi fidèlement exécuté que par toi-même, mon cher Pirch... Mais ce mouvement ne peut être effectué avant deux heures.... Eh parbleu ! pendant que ce brave homme s'occupe de mes affaires, il est bien juste que je fasse les siennes ; je veux voir le bailli, et... Justement voici la petite Anna. Va te reposer à ton tour, mon cher Pirch.

PIRCH, *s'inclinant, et à part.*

Ah ! je ne quitte pas cette porte. (*Il feint d'entrer dans la grange et sort par le fond*).

SCÈNE XI.

FRÉDÉRIC, ANNA.

ANNA, *pleurant.*

Bonté divine ! je savais bien qu'il nous arriverait malheur ! ah ! monsieur l'officier, protégez-nous contre ce M. Gobzoom qui veut faire arrêter mon petit cousin.

FRÉDÉRIC.

Ah ! oui, parce que Péters s'est permis de se moquer du jugement de M. le bailli, Péters a tort... Il s'agissait, je crois, d'un dépôt ?

ANNA.

Oui, monsieur l'officier.... cent frédérics d'or. En partant pour l'armée, il y a huit ans, mon père déposa cette somme chez un habitant du village.... un très-honnête homme... à ce qu'on dit... mais par un excès de précaution, mon père crut devoir lui laisser ignorer le trésor qu'il lui confiait, il le cacha au fond d'un baril rempli d'olives.

FRÉDÉRIC.

A son retour... Freemann n'a plus retrouvé le baril ?

ANNA.

Pardonnez moi, il a retrouvé le baril, les olives, mais plus d'argent.

FRÉDÉRIC.

Le dépositaire a nié l'existence de la somme ?

ANNA.

Mon dieu, oui...

FRÉDÉRIC.

Et c'était là toute la fortune de votre père ?

ANNA.

Absolument.

FRÉDÉRIC.

Mais puisqu'il a servi longtemps, il doit avoir sa retraite et la pension.

ANNA.

C'est-à-dire... il n'en a que la moitié.

FRÉDÉRIC, *vivement.*

Quoi! pas de pension? corbleu! si le roi le savait!

ANNA.

C'est bien vrai, mais...

AIR *de Mademoiselle Lecomte.*

Faudrait avoir l'courage
D'aller jusqu'à Berlin,
Et là, sur son passage,
Prendr' la parole en main.
Faudrait pouvoir l'instruire
Que l'on manque à sa loi.
Mais qu'est-c' qu'ira lui dire?
Ça n's'ra ni vous ni moi.

FRÉDÉRIC.

Pourquoi pas?

ANNA.

Comme vous vivez à la cour... vous craindriez de vous faire des ennemis, vous avez peut-être une bonne place.

FRÉDÉRIC.

Mais, oui.... elle n'est pas mauvaise.... (*on entend du bruit.*) Eh! mais quel bruit?

ANNA, *effrayée.*

Ah, mon dieu! c'est ce vilain bailli...

FRÉDÉRIC.

Ne craignez rien... je reste là. (*On ouvre.*)

SCÈNE XII.

Les Mêmes, GOBZOOM, suivi de plusieurs PAYSANS, PIRCH, *qui entre et sort, et vient parler bas au roi.*

GOBZOOM.

C'est bien; qu'on ne bouge pas, et qu'on ne laisse sortir

personne. (*en entrant.*) Ah! ah! nous venons d'en apprendre de belles! il paraît que M. Freemann élève son neveu dans de jolis principes... sans que ça paraisse.

ANNA.

Monsieur le bailli...

GOBZOOM.

S'attaquer à un Gobzoom! vous ne connaissez pas les Gobzoom... ma chère amie... famille nombreuse et respectable. Mon grand père, Nicolas Gobzoom était l'aigle de la procédure; mon bisaieul, Boniface Gobzoom était un César pour le criminel; et moi..

AIR : *Faut l'oublier.*

Sans m'en douter, de la malice
Je fus toujours l'enfant gâté.
Il n'est pas de difficulté
Que l'habitude n'applanisse.
J'ai tant d'esprit, sans m'en douter,
Lorsque je suis en exercice,
Que ceux qui viennent m'écouter,
Disent que je rends la justice
Sans m'en douter (*bis.*)

FRÉDÉRIC, *à part.*

Ah! bon Dieu! quel magistrat!

GOBZOOM.

Et un petit valet d'auberge se moquera de nous impunément!

ANNA.

Si vous écoutez de faux rapports...

GOBZOOM.

De faux rapports! il a dit que j'étais un imbécile... J'ai cent témoins qui me l'ont répété.

FRÉDÉRIC.

Oui, je l'ai entendu.

ANNA.

Comment, monsieur!...

GOBZOOM.

Mademoiselle... n'influencez pas les témoins.... C'est qu'une jolie figure vous retourne un procès. (*à Frédéric.*) Ne craignez rien, bonhomme. (*à part.*) Drôle de figure... c'est quelque caporal du temps du roi Guillaume (*haut*) Ah ! voici le délinquant. (*Au moment où l'on amène Péters, Frédéric sans être remarqué rentre dans la grange.*)

SCÈNE XIII.

Les Mêmes, PÉTERS, *conduit par deux paysans.*

PÉTERS.

Laissez-moi donc.

GOBZOOM.

Petit drôle... c'est donc toi qui t'avises d'insulter la justice... en ma personne ?

PÉTERS.

Tiens, quand on insulte la justice ; vous prenez ça pour vous?

GOBZOOM.

Encore une impertinence !...

PÉTERS.

Mais, monsieur le bailli, de quoi vous plaignez vous? je m'amuse à juger les procès qui occupent le pays, ça n'offense personne...ceux que je condamne ne s'en portent pas plus mal après... je les écoute avant de les juger, ce qui est quelque chose ; je ne les ruine pas en frais, ce qui est beaucoup ; et si nos jugemens ne sont pas d'accord, c'est que ma justice et la vôtre ne se ressemblent pas.

GOBZOOM.

Oui, monsieur le raisonneur, pour commencer l'instruction, vous allez coucher en prison, ainsi que votre oncle Freemann.

PÉTERS, *à Gobzoom*

Quoi ! Freemann en prison ! ah ! il est si vieux !

GOBZOOM.

C'est pour cela! il en a fait bien d'autres.

ANNA.

Mais Péters! il est si jeune!

GOBZOOM.

Raison de plus !... il en feroit bien d'autres.

TOUS.

Ah! monsieur le bailli.

GOBZOOM.

Si on résiste.... j'envoie tout le village au cachot.... sans que ça paraisse; allons, allons, marchons...

SCÈNE XIV.

Les Mêmes, FRÉDÉRIC, *sortant de la grange, une lettre pliée à la main.*

FRÉDÉRIC.

Un moment, monsieur le bailli.

GOBZOOM.

C'est bon, mon cher ami, vous déposerez plus tard; qu'est-ce que c'est que ce papier?

FRÉDÉRIC.

C'est une lettre du Roi, dont je suis porteur.

TOUS.

Une lettre du Roi!

FRÉDÉRIC.

Et qui vous est adressée.

GOBZOOM, *s'inclinant.*

A moi?... certainement... quel que soit l'ordre de sa majesté. Fût-il impossible, ça sera fait. (*aux paysans, en ouvrant le papier.*) Le Roi qui m'écrit pour me dire : *parcourant à mi-voix.*) que je ne me mêle de rien dans cette affaire, et que j'obéisse en tout aux ordres de M. Dufour, secrétaire de la chancellerie. (*Haut.*) Certainement, c'est une preuve de confiance dont je sens tout le prix.... (*regardant Frédéric.*) Monsieur Dufour, serait-ce par hasard?...

FRÉDÉRIC.

C'est moi-même...

GOBZOOM.

Ah! monsieur.... enchanté.... je disais bien aussi.... ces traits nobles, distingués... vous avez sans doute une mission spéciale...

FRÉDÉRIC, *montrant Péters.*

Je vais d'abord interroger ce jeune homme.

GOBZOOM, *à Péters.*

Ah! ah! monsieur le docteur, votre affaire est bonne.

ANNA.

Mon pauvre Péters!

FRÉDÉRIC, *haut.*

Pirch! emmenez la petite. . (*à Gobzoom*) Monsieur le bailli?

GOBZOOM, *aux paysans.*

Éloignez-vous, vous autres; il paraît que nous allons délibérer. (*Il s'approche de Frédéric avec importance.*)

FRÉDÉRIC.

Allez vous-en, et ne revenez que quand je vous ferai appeler.

GOBZOOM, *de même.*

C'est entendu; vous pouvez être sûr que je m'acquitterai de cette mission délicate, avec toute l'énergie dont je suis capable... (*aux paysans.*) Suivez-moi tous...

(*Ils sortent tous.*)

SCÈNE XV.

FRÉDÉRIC, PÉTERS.

PÉTERS, *à part et s'excitant.*

Ah! tout le monde se met contre moi, nous allons voir.

FRÉDÉRIC, *à part.*

Son caractère me plaît, il ne s'effraye pas. (*Haut*) Approchez, monsieur.

PÉTERS, *d'un ton mutin.*

Me voilà, monsieur.

FRÉDÉRIC.

Qu'est-ce que c'est que ce ton-là !

PÉTERS, *de même.*

C'est celui qui convient à un homme qui est chez lui et que l'on veut vexer; qu'est-ce que c'est donc que ça !

FRÉDÉRIC.

Sais-tu que je suis ici pour t'interroger !

PÉTERS.

Oui, vous vous entendez avec le bailli... Allez vous devriez rougir ; et si jamais je me trouve face à face avec le Roi, vous passerez un mauvais quart d'heure.

FRÉDÉRIC.

Vous vous trompez.

AIR : *Gn'y a que Paris.*

Frédéric prétend avant tout
Que l'on n'outrage point un juge,
Et qu'on exécute partout
Ses lois qui sont notre refuge ;
Ainsi, monsieur, au nom du roi !
Répondez-moi (*quater.*)

PÉTERS.

Qu'on exécute ses lois, c'est juste : vous m'y faites penser ! Où est donc le registre de l'auberge. (*Il prend un registre qui est sur le banc, l'ouvre et se met devant Frédéric.*)

Même air.

Un' de ses lois dit, pour raison,
Qu'chaqu' voyageur mett' sur un' page
Son état, son âge et son nom,
Et surtout le but d' son voyage.
Ainsi, monsieur, au nom du roi !
Répondez-moi. (*quater.*)

FRÉDÉRIC.

Comment!

PÉTERS.

Je suis le maître d'auberge ; c'est moi qui vous interroge...

FRÉDÉRIC, *un peu déconcerté.*

Eh bien! qu'est-ce qu'il a donc, ce petit bonhomme !

PÉTERS.

Si vous refusez de répondre, la loi est formelle, je vous fais arrêter.

FRÉDÉRIC, *à part.*

Oh ! le malin démon!

PÉTERS.

Votre nom, monsieur !

FRÉDÉRIC, *riant.*

Mon nom... mon nom... il est sur l'ordre du Roi.

PÉTERS.

Oui, je sais bien, il y a dessus, M. Dufour; mais votre compagnon, à qui je me suis informé, dit que vous vous appelez le baron d'Herlem... Ce matin vous étiez officier; à présent vous voilà secrétaire : donc vous avez un nom supposé, donc l'ordre est faux ou surpris, donc le but de votre voyage est suspect, donc mon devoir est de vous faire arrêter.

FRÉDÉRIC, *à part.*

Le petit coquin va me découvrir.... (*haut*) Cela suffit, monsieur l'aubergiste, c'est chez le bailli lui même que vous allez me suivre.

PÉTERS.

Attendez, il y a encore une loi.

FRÉDÉRIC, *impatienté.*

Ah ! il a une provision de lois à ses ordres; je crois qu'il sait le code prussien mieux que moi.

PÉTERS.

Celle-ci, c'est une loi de la maison : Lorsqu'un voyageur cesse d'être notre hôte, il ne peut sortir qu'il n'ait payé sa dépense.

FRÉDÉRIC.

Il n'y a rien à dire, et quoique je n'aie pas dîné... tenez. (*Il lui donne une pièce d'or*).

PÉTERS.

De l'or... je ne puis pas vous rendre, il faut que j'aille changer. (*Il la regarde en tous sens.*) Tiens... c'est Frédéric qu'ils ont voulu faire là...

AIR : *du Carnaval.*

Ça peut m'servir un jour à le r'connaître,
C'bon Frédéric, qui n'vint jamais ici;
J'gage qu'à mes yeux si je l'voyais paraître,
Sur c'te pièc' là, j'dirais ben vîte : c'est lui !
Jarni ! qu'les rois sont heureux sur la terre !
L'or et l'argent reproduisent leurs traits,
Et les gens mêm' qui leur déclar'nt la guerre,
N'sont pas fâchés d'posséder leurs portraits.

Eh ! mais... c'est drôle ; il me semble que j'ai vu cette figure-là quelque part... (*levant les yeux sur Frédéric*) Ah mon dieu !

FRÉDÉRIC.

Qu'est-ce qu'il a donc ?

PÉTERS, *tremblant de tous ses membres.*

Ah ! ah ! là, là ! j'en ai fait de belles ! je suis perdu !

FRÉDÉRIC.

Eh bien ! vas donc changer.

PÉTERS, *balbutiant.*

Certainement, monsieur l'officier... parce que vous devez... assez me connaître... pour croire que mon intention... (*tombant à ses pieds*) ah ! sire, je tombe à vos genoux.

FRÉDÉRIC.

Ah ! le petit malheureux !

PÉTERS, *criant à tue tête.*

Je suis un misérable, sire...

FRÉDÉRIC.

Il va me faire connaître !

PÉTERS.

Que votre majesté... sire.

FRÉDÉRIC.

Tais-toi.

PÉTERS.

Me pardonne, sire.

FRÉDÉRIC.

Eh ! tais toi donc, bourreau; veux-tu ameuter tout le village?... Levez-vous, monsieur; obéissez !... et surtout pas un mot qui puisse faire soupçonner que vous me connaissez...

PÉTERS.

Je me tais.

SCÈNE XVI.

Les Mêmes, PIRCH *rentre.*

FRÉDÉRIC, *à Pirch.*

Fais rentrer le bailli... qu'il rassemble ses gens, l'adversaire de Freemann; et que tout le monde se rende ici sur le champ... ah ! encore un mot. (*il lui parle bas*.)

PÉTERS, *à part.*

Ca me regarde, c'est sûr... où me suis-je fourré ? j'ai bien la mine, avant d'entrer dans les grenadiers, de faire connaissance avec la schlague.

(*Pirch est sorti pendant cet* à parté.)

SCÈNE XVII.

Les Mêmes, GOBZOOM, ANNA (*Ils entrent de deux côtés différens, Anna va consoler Péters.*)

GOBZOOM, *allant à Frédéric avec empressement.*

Vous me demandez, monsieur le secrétaire ? Tous mes gens vont se rendre ici.. est-ce pour transférer le prévenu ?

FRÉDÉRIC, *en confidence.*

Ma foi, monsieur le bailli, l'affaire devient très-difficile..

GOBZOOM.

Tant mieux, les affaires difficiles, c'est mon fort, sans que ça paraisse ! Il n'a rien avoué...

FRÉDÉRIC.

Au contraire... il persiste dans son opinion à votre égard... avec une force...

GOBZOOM.

C'est-à-dire, qu'il prétend toujours que je suis un...

FRÉDÉRIC.

Un imbécile. Mieux que cela, il veut le prouver ; et comme on ne peut pas refuser ces choses là, je l'ai admis à la preuve...

GOBZOOM.

Comment ! vous l'avez admis... Permettez...

FRÉDÉRIC.

Pour cela, il ne demande qu'une chose, c'est qu'on recommence le procès de Freemann.

GOBZOOM.

Le dépôt prétendu dans un baril d'olives ? Ah ! s'il n'a pas d'autre moyen... c'est peut-être ce que j'ai le mieux jugé dans toute ma vie... la seule affaire ou je suis sûr de mon fait.. Vous avez déposé des olives... on vous rend des olives... qu'est ce que vous demandez...

FRÉDÉRIC.

Nous allons la réviser pour la forme.

GOBZOOM.

J'entends, pour confondre ce petit coquin, c'est bien. *Pendant ce tems on a placé un fauteuil au milieu du théâtre par les ordres de Pirch, et une chaise de côté pour le roi.*

GOBZOOM, *s'asseyant.*

Allons, messieurs.

FRÉDÉRIC.

Non, non, levez-vous.

GOBZOOM.

Comment ?

FRÉDÉRIC.

C'est Péters qui va juger.

PÉTERS.

Moi !...

GOBZOOM.

Péters ! par exemple !

FRÉDÉRIC.

C'est encore l'ordre du roi. (*à Péters*) Approchez, monsieur.

PÉTERS, *d'un air suppliant.*

Quoi ! vous voulez ?

FRÉDÉRIC.

Asséyez-vous (*à demi voix*) et répétez votre jugement de ce matin, avec vos camarades.

PÉTERS, *à voix basse.*

Ah, sire ! pardonnez une plaisanterie.

FRÉDÉRIC.

Obéissez !

PÉTERS, *à part.*

Allons, ma foi, au petit bonheur ! (*il s'assied, aux huissiers et d'un air grave*) Faites entrer l'audience !

SCÈNE XVIII.

Les Mêmes, PAYSANS, PAYSANNES.

CHOEUR.

Air : *Ah! l'aventure est incroyable.*

Ah ! l'aventure est singulière;
Comment ! c'est par l'ordre du roi!
On va recommencer l'affaire;
Je n'y comprends rien , sur ma foi.

GOBZOOM.

C'est que je suis debout moi, sans que ça paraisse.

FRÉDÉRIC , *à Gobzoom.*

Silence ! (*s'asseyant.*)

L'HUISSIER , *sous le nez de Gobzoom.*

Silence ! l'audience est ouverte.

PÉTERS.

Où est le dépositaire ?

UN PAYSAN , *s'avançant en ricannant.*

Me voici, monsieur le persident.

PÉTERS , *sévèrement.*

On ne rit pas au nez de la justice. Freemann prétend avoir déposé, il y a huit ans , entre vos mains , un baril d'olives , au fond duquel il avait caché cent frédérics d'or.

LE PAYSAN.

Et moi, je soutiens que je lui ai rendu le baril comme il me l'avait confié ; je n'y ai seulement pas touché pendant ces huit ans.... Oh dam ! je suis un honnête homme.

PÉTERS.

C'est ce que nous allons voir , qu'on apporte le baril.

GOBZOOM.

C'est là que je l'attends ; il n'y a pas de preuves...
(*On apporte le baril.*)

PÉTERS, *regardant les olives.*

Oh ! les belles olives! Voyons donc que je les goûte.... (*Il en mange*)Excellentes, ma foi !

GOBZOOM.

Oh ! le petit gourmand ! manger à l'audience ! Passe encore pour y dormir... sans que ça paraisse !

PÉTERS.

C'est qu'elles sont d'une fraîcheur ! Dites-moi donc, monsieur le dépositaire, vous n'avez pas touché au baril pendant huit ans?

LE PAYSAN.

J'en lève la main.

PÉTERS, *vivement et se levant.*

Vous mentez !

LE PAYSAN, *troublé.*

Comment!

PÉTERS, *de même.*

Si vous n'aviez pas ouvert le baril depuis huit ans, les olives seraient gâtées ; mais vous avez eu soupçon de l'argent caché, vous l'avez enlevé, et vous avez mis à la place des olives fraîches. C'est ce qui vous a trahi.

TOUS.

Bravo ! Péters !

LE PAYSAN.

Ah mon dieu ! (*Il disparait dans la foule*).

CHOEUR.

Honneur, honneur, au jugement dicté, etc.

GOBZOOM, *étourdi.*

Qu'est ce qu'il dit donc ? Eh bien ! eh bien ! je n'avais pas pensé à cela ; c'est clair comme le jour... Il a ôté l'argent et a mis à la place des olives fraîches... Et mon greffier qui ne me prévient pas.

FRÉDÉRIC.

Comment, morbleu ! il faut qu'un enfant vous apprenne votre métier ! Eh mais, qu'est devenu notre dépositaire ? il s'est évadé !

GOBZOOM.

Oh ! je le retrouverai...

FRÉDÉRIC.

Je l'espère... Le roi le condamne à payer quatre cents frédérics d'or au brave Freemann, et à sortir de Prusse sur le champ. Quant à toi Péters...

SCÈNE XIX.

Les Mêmes, PIRCH, *arrivant en désordre.*

FRÉDÉRIC.

Qu'y a-t-il, Pirch?

PIRCH.

Vous avez sans doute été découvert, l'ennemi s'avance; je viens d'apercevoir un gros de cavaliers qui se dirigent de ce côté. (*aux paysans*) Mes amis, armez-vous, ne souffrez pas qu'on nous enlève Frédéric.

TOUS.

Frédéric !

ANNA.

Le Roi !

PÉTERS.

Lui-même, et nous le défendrons tous.

GOBZOOM, *s'agitant.*

Sa majesté !... Dieu! rangez-vous, éloignez-vous donc... le respect.

FRÉDÉRIC.

Laissez, laissez, monsieur le bailli ; j'aime à voir mes amis de près, comme l'ennemi... Suivez-moi, mes enfans.

FREEMANN, *en dehors.*

Me voici, me voici !

ANNA.

C'est mon père !

PÉTERS.

Mon oncle Freemann !

FRÉDÉRIC.

Freemann !

SCENE XX ET DERNIÈRE.

Les Mêmes, FREEMANN, *essoufflé et couvert de poussière,* quelques Officiers *qui se rangent au fond.*

FREEMANN, *accourant.*

Ah! sire, l'ennemi s'est retiré à la vue de votre garde ; je l'ai guidée plus heureusement que je ne l'espérais... Elle traverse le village, et le général Finck va attaquer sur le champ.

FRÉDÉRIC, *serrant la main à Freemann.*

Au risque de ta vie, brave homme ! mais tu n'es plus au service.

FREEMANN.

Qu'importe!

AIR : *Vaudeville de l'homme vert.*

Quand il a gagné sa retraite,
Reprenant son ancien état,
Un brave à ses amis répète :
«Messieurs, je ne suis plus soldat.»
Mais que son prince ou sa patrie
Soient en péril un seul moment,
Alors le vieux soldat s'écrie :
»Je suis toujours du régiment.»

FRÉDÉRIC, *lui serrant la main.*

C'est bien! Au surplus, pendant que tu me servais avec tant de dévoûment, je m'occupais de toi... Péters et moi nous avons revu ton procès... Tu l'as gagné; mais nous ne sommes pas quittes! tu as dès aujourd'hui une pension de deux cents frédérics et la place de concierge à Sans-Souci.. Péters, tu entreras à l'école militaire de Berlin, je te chargerai de porter à la petite Anna la dot que je lui destine... mais cela dans quelques années, quand tu seras un homme.

PÉTERS.

Ah ben!... elle a encore le tems d'attendre.

GOBZOOM, *à part.*

Pendant qu'il est en train de distribuer ses grâces, je n'ai qu'à me montrer. (*haut*) Sire!

FRÉDÉRIC.

Ah! je vous oubliais, monsieur Gobzoom!

GOBZOOM, *se rengorgeant.*

Sire ! vous êtes bien bon !

FRÉDÉRIC.

Je vous destitue !

GOBZOOM, *interdit.*

Comment ! après tout ce que j'ai fait?

FRÉDÉRIC.

Justement.. je ne veux pas que vous en fassiez davantage: dépouiller un vieux militaire de ses droits, de sa fortune, c'est m'attaquer dans ce que j'ai de plus cher. (*on entend le canon dans l'éloignement.*) Mais voici le signal ! Allons, messieurs, à cheval.

AIR

Les Russes m'ont rendu visite.

Que voulez-vous ? la guerre a ses hasards.
Mais avec eux, il faut que je m'acquitte ;
Entre voisins on se doit des égards.
D'être poli quelquefois je me pique ;
J'entends gronder le canon ; et je veux,
Au noble bruit de sa musique,
Les reconduire au moins jusque chez eux.

TOUS.

Vive Frédéric ! (*Il sort, suivi de ses officiers, pendant le chœur suivant.*)

CHOEUR *de M. Blanchard.*

De Frédéric célébrons la vaillance,
Et la justice et les nombreux bienfaits ;
Partout, son auguste présence
Devient le gage du succès.

PÉTERS, *au public.*

AIR *nouveau de M. Blanchard.*

Frédéric, avec courage,
Va combattre l'ennemi.
Ah ! nous craignons un orage,
Depuis qu'il n'est plus ici ;
Mais à ce grand capitaine,
Joignez-vous à votre tour,
Il remportera sans peine
Deux victoires en un jour.

CHOEUR.

Il remportera, etc.

FIN.

www.ingramcontent.com/pod-product-compliance
Ingram Content Group UK Ltd.
Pitfield, Milton Keynes, MK11 3LW, UK
UKHW020419220726
13923UKWH00005B/2057

9 782329 063195